パンと、

岩佐なを

思潮社

パンと、

岩佐なを

目次

＊

装画＝著者、装幀＝思潮社装幀室

パンと、

食パン

おはよう。
雀ちゅんちく
朝も忙しくない
食パンを焼かずに皿にのせ
白い部分にジャムでかく
なにを。
かおを。
だれの。
くまさん。

そういう時間ができたことを喜ぶ
しかし（寒めの予知）
とおくてちかい病院では
心身が前後左右にぶれて
おぼつかないのである
だれの。
鏡で顔なじみの
自分の。（あちゃー）
昼も忙しくない
遅くてゆるい筆を置いて
ラーメンでも食べに出ようとすると
消えないラジオを抜けて
ローリングストーンズが零れでる

転がっている石も一つ一つ
よおく調べてみると
コケやカビくらい微量に付いているものだ
なんだか
安心したよね。
夜も忙しくない
今朝残った食パンを
(一斤もあったからね。
「斤」なんて単位知ってる?
「菌」知ってる。
いや。まぁそれも関係ないことはないけどね)
トースターで焼いて
目玉焼きをのせてみた

特別好きではないものをお腹におさめ
ミミヲソロエテモッテコイッなんて
独り科白の練習
まだ声は出るんだ
食パンでなく札束をトースターで焼く
豪気なゆめをみるために
床に就く
ヘソの上で合掌するけれど
信心などなくにわかに
空腹をおぼえて
明朝の食パンの素直な表情を
飽きもせずに思いやっている
おやすみ。

コロネ

今日も買ってしまった
いとしいコロネ
紙袋にひそませて
晩秋のうら悲しい公園を訪ねる
淡水系
池があって川が流れ出し
樹木の陰で午後はすでに
ひややかでうすぐらい
まだらなひかりの中に

ひとかげが見えたり見えなかったり
実際はひとなどいないし
部分さえも落ちていないのだが
蒼い火をやりとりするような
ふたりづれが枯葉や
小枝を踏みしめる音すらたてずに歩み
ひとがたを幽かに滲ませては消える
だれひとりいないのだけれど
見えたり見えなかったり
深い息
朽ちたベンチに腰をおろし
コロネを出すと
チョコレートクリームは冷えている

この淡水系にひそむもっとも大きい
巻貝の心もちにひびくように
パンの太いほうから指で揉んで
チョコを先端部へ移動させる
だれしもよくやる愛のしぐさだ
そして先端を噛む
ひとくち
ふたくち
今またひとつが食い殺されてしまう
それを知って
水底の巻貝の王女は
ぷくぷくとなげきの声を
泡で吐く

王女はあらゆる
コロネの哀しみをお見通しなのか
あ
足もとには
三毛が来ている
コロネ、欲しいか。

甘食

小さい丘2ヶ
甘食
初めて出合ったのは
原っぱへイクサに行くときで
修ちゃんがひとつ買い親指で割って
三分の一くらいくれた
腹が減ってはチャンバラできぬ
昭和三十年代のことだ
2ヶ十円

1ヶでも売ってくれて五円
甘くて香ばしくてかすかに奇妙な味
重曹なんだってね

大人になって
見たことある
焼かれていた
だんだん生地が盛り上がり
トンガレトンガレ
菓子パン富士山

それからユウウツを馴らしながら
勤め始めた頃の朝食が

小さな丘2ヶだった
親指で崩して
口中のポソポソを紅茶で湿らせた
かすかに奇妙な味
重曹なんだってね
床に零れたかけらに
ウツのクラウドの隙をぬけた
ひとすじの朝陽がのびてきたっけ

今はあまり見かけなくなった
けれどある店にはある
友だちになれそうでなれない
甘食2ヶを着こんだセーターの下で

横に並べ胸を張ってみても
女性にはなれない
食べもので遊んではいけないから想像だけ
もうこの世では
さしてすることがないから
末期高齢者になったある日
これを紙袋と喉に詰め
甘食号に乗って
次の星まで出かける
恋しに

Mパン

いちまいのまっさらな紙だった頃
棚の三階左端で仲間と重なり
ゆくすえについて想いめぐらせていた
折られてひとのポケットに潜むこと、いや
文字や絵をまとって
貼りだされることを
それも何十年も色あせるまで
貼った人も去り場合によっては死に
もう誰ひとり気にもとめないいちまいが

ずうっと貼られた場所
はがされることなく建物ごとつぶされて
いちまいの紙のゆくえなど
そこまで数分かけて想ったけれど
意外にも次の瞬間
いちまいのまっさらな紙は
ティッシュペーパーの代役で机に出され
上に黄色く甘いにおいの満月を載せられた
満月、ちがう、亀だよ
汗のようにキラキラとグラニュー糖が散り
表面サクサク中フカフカの
亀は声もたてずに食われていく
身体を失っていく途中の

変形（残存）体が紙の上に横たわる
大きな歯形痛々しく
いきもたえだえかい
ああ、亀鳴くや（それは季語）
いちまいのもはや少し汚れっちまった紙との
最期の接触を惜しみ
消えた
さようなら
亀の綽名は
メロンパン

Aパン

Aパンはすでにアイドルであり
ヒーローであった
また生まれた経緯や育ち方も
多くの人に語られ記され
かるく仰ぎ見るほどの歴史をもっている
だから
いまさら
あつかいにくい
こんがり狐色にやけた肌に

芥子の実をアクセントにすることもあれば
なんのマジナイかヘソに桜花を飾ることもある
きみは
煎茶とも珈琲ともチャイとも
仲良くできる
牛の乳とてヘッチャラだし
もう知っているから
腹の中はさぐらない
腹減り子どものおやつを演じることもあれば
気取ってお茶請け役をこなすこともできる
やわらかい肉体と
秘められたあまい内臓の調和を
真っ白な懐紙の上で自慢している

でもアンパンというと
ビニール袋とシンナーと青春を
想いおこすやつもいるんだぜ。
ひろい茶畑を想像しようか
狭山でも八女でも宇治でもいい
その上の青空を颯爽と
きみが飛んでいく
丸いパンの正体は
たいてい円盤なのだよ
たべられます。

Cパン

もしもし、
同性であれ異性であれ
自分ではないものと
自分とのちがいを肉体を
用いてじっくり確かめるのはどうだろう
異なるものをこそ
いとおしむいつくしむのはどうだろう
宗教ではなく
なんとなくそうする向き

あのあんぱんが自分の甘さは
長所であり短所であると認めた上で
Cパンのことを思いやった態度
伝説にはなっていないけれど
和洋折衷の王者が
油と香辛でパン界を揺るがしたけれんを
邪の道ではなく
いっそすがすがしいと語ったことは
周知のとおり
お互いもし武士として腹を切ったなら
あるいは腹を割って話したなら
腹蔵の本心は大いに異なる味
どちらが優れていると

判断できるものではないだろう
Cパンを
Kパンと誤って書く者もいる
Kパンだとキムチが本心だろう
それはそれで悪くはないが
この度はCもKも隣国の頭文字ではない
寒いときも暑いときも
香辛の本懐は脳をつき動かすこと
思い上がりと誤解されてもよし
まどろみやいやしの一品ではなく
発火点に
覚悟はある
従来

暗闇厨房では
黄色の匂いはカレーと決められていた
肉や野菜とよく混ぜて煮込み
水分は飛ばしたい
さらさらとろとろは不都合
生地におおわれる辛い旨味のかたまりは
血のように滴ってはならない
「唐のくいものにあらず
　天竺のものでござろう」
などともう誰も言いやしない
パンにパン粉をまぶすとは
食に愛情をそそぐとは
異形の固体

指が油で汚れるのが御イヤなら
紙をあてて持てばいいし
揚げたてが一番というのなら
作り手になるが得策
と死んだ挽き肉の主が
天の声で説き
ターメリックは
フフ鼻唄
もしもし、
もしもし、
いざ、
一口。

カンパン

暮れ方の光こぼれ来る
小部屋のテーブル上で
黒胡麻入りカンパンを1ヶふる
良い目がでない
（サイコロではないからね）
指の湿り気をパンに伝えながら
うすれゆく光を惜しむ
窓ガラスに散らかる
おもいだすことども

なくすもの
がある（あった）
小さくなったり
粉々になってなくなるもの
忽然と姿を消すもの
なくなったことすら
憶えていてもらえないもの
今日の光も今日限り
窓ガラスに散らかる
おもいだせないあんなこんな

お墓をつくってあげよう

簡素なお墓を設えよう
人物にではなく
虫や小物や錆びた愛憎や親しげな退屈
陰影や夢想や虹や魚の尾鰭
すげかえられた追憶や雨音などなど
かえりみられないものたちへ
土を掘り
そこに納め
泥をかけ
木っ端を立てて
立てたそばから忘れてしまう
鈍色のおろかさ
仕方なさ

晩秋の斜めの日差し
反射角度ばかりが気になる日々
口にしない関わり方として
カンパンをひとつ
乾燥した路上で
踏みにじる
粉々にやや風
からす来るな
すずめ来いよ
この小型携帯食は非常や修羅に
結びつく忌まわしくも
ありがたい存在なのか

カンパンそのものにつみもやさしさもない
（なんかおもいやれないもどかしさ）を覚え
春夏秋冬
六道輪廻
めがまわる
握りしめている
1ヶ
まだ食べないけれど

クリームパン

簡単に言うけれど諦めるって難しいこと
もうなにがおきてもおかしくない
とし
もうなにがおこってもおかしくない
からだ、こころ
なにがの「なに」ってなに
ちと、こわい
朝食はクリームパンだ
(昨日買った、バイキン増えているなよ)

こどもに朝の菓子パンは
身体に良さそうではないけれど
おいぼれたら好きに食うのさ
クリームは黄色の仲間で注意の信号ああ
一日八時間は眠っていたい深々と
実はもっとでもいい現実を離れたときとところ
あと九年生きるとしたら
三年は眠っている勘定
三年を先にまとめて続けて眠ったら
きっと寝たきりと言われる
言われてもいい
三年眠るといくつもいくつも
素晴らしい景色と麗しい音楽を

浴びることができるそうだ
地図にはない山のほとけから教わった
時空
少し高台から川や林が明け方の
空気に透けて見えて
（すがすがしい、って忘れていたな）
手もとを見れば
朝食はクリームパンだ
偉大な救いの掌のようでもあり
不恰好なグラブのようでもあり
パクリッ
目をとじて
なにがきこえる

ざんぱん

そのゆくえ（変遷と回帰）
混沌はつねに闇色かというと
そうでもないらしい
虹色とはいえないにしても
ざんぱんです、と名告ると
相手は大方表情をくもらせた
とざんぱんのゆうれいが零していた
しかし縁をぷっつり切られるかというと
そうではないらしい

役を得て畑に埋けられたり
豚類がんごんごと快食したこともあり
人達が丁寧にわけて食したこともあり
なければないですんだかどうか
ゆうれいを呑めば
皮膚に極小の花が咲き
いのちを続ける意の印ともなったと云う
ざんぱんは残飯であり
惨飯ではなくもちろん「飯」であって
パンの種類ではないのだよ。
(そりゃ食パンの耳が含まれたかも知れないけれど)
朝方出来たてほやほやのざんぱんを
リヤカーに載せて運んだとき

頭上の新鮮な空色に浮かぶ鰯雲を
食欲に結びつけて歩をすすめた
ナニカつなぐモノガアル
とゆうれいは言いたかったのかな、
かも。

A.P. nao. u.

指ざわり

チョコレート色のみすぼらしい鞄を
抱えて東京駅から横須賀線に乗る
按配よく車輌は空いていて
ボックスにぽつんと座れた
鞄の取っ手にはぐるぐると
ガムテープが巻かれ時を経て
端っこが幾分はがれかけている
ねばねば、ねばねば
利き手の親指のはらで

ねばつきをたしかめる
この鞄を持って出歩くと
必ず何度も親指の指紋を
ガムテープにおしつける
ぬちぬち、ぬちぬち
はがれた部分は次第に汚れ
そのうちねばねばも乾いていくだろう
くりかえしねばねばをたしかめながら
行き先を迷っている
今の世のなか
行き先までの切符など買わなくとも
乗車することは簡単だ
もう到着する先など

どこでもいい
（タトエアノヨデモ？）
ああいいさ。
目的もなくうろつくようになり
見えなかったオトが見えるようになり
聞こえなかったヒカリが聞こえるようになり
その分寿命が縮まっていった
駅に着くたびに不安や不満の
かたまりがぽつぽつ出入りする
哀しくもなく虚しくもない
お互いさまだと思いつつ
また親指のはらでガムテープの
ねばねばをいじくっている

行くあてはないのに
電車は勝手にどんどん進んでいく
時間に似ているね
と思いながら利き手の指を見ると
どの指先からも細かい神経が
生え出していて鬚根のようだ
白い糸状の根が特にねばねばと遊んだ
親指のはらからはわさわさと生え
横浜に着く頃には
鞄の取っ手をやさしく白く
雪のようにおおってしまう、な
だれにも知られぬよう
もう一方の手のひらで利き手を隠し

車窓の景色を夢みてしばらく
眠ろうとした

ひかり

快晴の都心に立って
頭上よりやや北側の空を見上げれば
飛行機が銀色クリップの耀きで移動していく
次々と　全然落ちてこない
あの辺りに念を送っても届かないし
ペンライトを振っても無駄だから
預かった子どもたちには教えない
川の駅から遊覧船に乗って南下しよう
松が取れると日の入りが少しのびる

左岸のビル群の背後が仄明るくなっていて
もうすぐ寒の満月がやってくる
デッキでは色白で瓜二つの少年が
興奮ぎみに感動詞を叫んでは
「さむくない」
「さむくないッ」と言い張る
寒いよ。
それから乗船客が少ないのをいいことに
ふたりは決闘を始める
剣をぬくタカシ
掌から特殊光線を発するサトシ
「死ねッ」

頼むから流れ光線《だま》をこちらによこさないでおくれ
放っておいてももうじき死にますから
これから寒さを我慢して君たちと船上に
立っていればふりそそぐ月光も
浴びなくてはならないし
その光だってあなどれない
そら、
満月だ。
あの岸壁の上で悠然と煙草を燻らす男を
狼に変えるかもしれない光
ワォーン

マッチ箱

いまはあまり見なくなったマッチ箱の
ひきだしを注意深く指であけると
自分の小さい記憶玉がプンと出る
その匂いを嗅ぎながら
昔昔の街の表情や人人の顔の景色を
もう一度目を閉じてなぞる
他者の涙や鼻の尾根、唇の沼を自分とは
もはや関わりのないものとして夢みる
ことのありがたさとさみしさ

記憶玉は空気にふれると
たちまち消えてなくなるから
記憶玉の記憶も記憶にとどめましょう
からになったマッチ箱の
ひきだしにまず
右目つぎに左目を縮小して
ていねいにしまって閉じ
みずからがさらに深い夢に
沈んでゆくことは
誰しもがいつかすること
「そんなに怖くはないんだよ」

おもいで

黄緑と橙色のすべり台がある小公園で
彼女は思案していた

ベンチでは〈この前〉の夕方長い髪のゆうれいが
座って汗を拭いていたと「子ども」が言う

〈この前〉っていつ頃で
どんな汗を拭いていたの

彼女は暑いので髪をなくそうかと
思案していたのだろうか

空に傷あと白線の飛行あと
足もとに散らばるいのち　小鳥らチッチチ

〈この前〉ってわたしの「子ども」の頃
ハンカチで目の下と鼻のあたまをおさえ

歳をふやしながら遠のいていく
具象の「子ども」を一瞬に想い描いたはは

関係はながい年月をかけて悪意なくうすれ

ある母子像は暮れなずみ消えはじめ
〈ややあって〉
外灯が点り
だれもいない小公園

日記絵日記

だましてうつ伏せに眠らせておいて
白いふくらはぎへ
とっておきの柳刃包丁を
すっと入れたときのよろこび
などと書いてはいけません
うそならやさしく温かなうそ
見破りやすくも安心な
日記は他者のためのもの

自分だけが解ればいいなんて
無神経なおもいあがり
読み手に失礼ですね
なんねん
ひとのこころを惑わす内容
なんがつ
不愉快な事実を綴ることも
なんにち
慎みましょう
なんじ
身内には安堵と愛情を
なんぷん
知人には納得と理想を

どこでよ
このよ
たつとりあとをにごさず
もちろん
絵日記にいたっては
一瞬でみるひとを喜ばせる工夫
夏休みの宿題になるくらいですから
まず先生それから級友も見るでしょう
うそはばれてもばれなくても
魅惑的ならゆるされます
ひとりよがりはゆるされません
輪郭線や彩色や綴り方はていねいにでも
明るくしあわせな自らなど見せぬよう

読み手はほっしません
不自由な表現枠に
がまんできなくなったら
部屋にあやしい植物を連れ込み名づけて育て
葉をつぶしては匂いを嗅ぎ
たとえば
少しはおもてなしのお茶にどくを
入れるように書きます
もう子どもではない受け手の方には
お酒にも質の良いどくを盛り
痙攣していただきましょう
そんなふうに
関係や状況をみすえながら

作り手は一喜一憂などせずに
死んでもいくらか楽しんでいただけるような
こころいきを保ち
日記絵日記
ため息もどき
さて
自分にだれひとり絡んでこないときがあり
次々に他者の言霊が降り続けるときもあり
どちらにしても
書きやすい経緯はあるはず
描きやすい構図はあるはず
そんなものであることの
あたりまえ

してみむとてするなりの
よろしく

きげん

電車の中で目をあけると
となりに幼児がいる
幼児はきげんが、いい
拙者はきげんが、ない
視線が合うと笑う幼児には
おかあさんがいる
拙者にはいない
車内だけではなく
墓にも心にも

正確にはおかあさん行方不明
皆様はいかがですか。
幼児は手をのばしてくる
返答に困る
以前出合った子の
ひとみの中にはるりの海
はりの原があって
かがやいていた
まぶしすぎて返答に困った
どこまでも電車で
行くわけにはいかない
途中で降りなくても
終点が来る

窓の外の風景はまっくろ
土の下を移動している

門

サルトリ
哲学の門
かんのんびらき向かって
右に若猿がらっきょうをむく図
シャリシャリシャレシャル
左に若鳥がこんがり焼かれる図
ジュジュジュジュジジュウ
存外地獄門とは関連がなく安易に
暗喩をもとめてはならない

門はうち側に開くとはかぎらないが
サルトリの門は内面に向かって開き
その向こうに日没がある
イヌイ
ドラマの門
さるしばいではなく
ジャンと鳴らす楽隊の音で幕があき
かんのんびらき向かって
右に甲斐犬の黒装束ササッ
その影は白く紀州犬
左から亥の鼻唄ゴゴゴウ
対峙する狩りの緊張感はなく
あくまで純ないきものどうし

さるしばいはヒトにまかせれば
いつまでもやる
さるはやらない

まわる

装幀の中の蝶や猫が
本から消え失せる話を聞いたことがある
めずらしいことだが
本の口絵に用いられた古写真を見ていたら
木造四階建ての王様の
城の屋根に青龍が巻きついていたり
入口の唐破風の曲線が大とかげの寝姿に
見えることはある
とくに

部屋で　く、くる
くるっくる回転して
自らの目をまわした後で見る
装幀の図には不思議の「解」が宿っている
まわる　く、くる
くるっくるそれは
うしろに気を配ること
誰も後頭部には目をもたないから
油断せず自室でも終始背後に
気をつけなければうそだ
うしろからの意識のひかりに要注意
ほたるのひかりは窓のわき
前をしっかり見据え前進ばかりの

ノウタリンの態度では
書物のまことはつかめませぬ
読む立つくるっくる
読め立てくるっくる
むりやり開かれた
この写真集では
来世わしづかみにするだろう尻が
中華料理屋の円卓の上に突き出されている
まわるかどうか
（頁を繰っても目はまわるのさ）

ひるね

午後
窓から見上げれば
雲がながれる
青空にもくとうてん。
そこまで声を出して読んでから
老人はひるねをする
毎日ひるねをしていると
眠くないときもあるだろう
どうしてそんなに眠る練習を

くりかえさなくてはいけないか
幼児と老人では
理由がちがうと
雲の行間に書かれている
老人は
赤ん坊だった
そして祖母だったり
父だったり自分だったり
順不同で
ひるねの夢はながれこんでくる
心身消耗がわからなくなるようにと
食後のくすりはやさしい
いのちながらえるような

眠りを配慮してくれて
ありがとう、でもね
眠りはせずにボクはただ
あかりの点いていない電球を
見ていただけなんだよ。と
つぶやいたそうだ
全く覚えていない自分すら
もうここにはいない
けれど

帰路

家に戻るまでの夜道を長めにとって
じっくり深夜を左右にふらふらした
前後にも東西南北へもふらふらした
仰げば黒い天
足元は冷たい今
首筋が寒いのは自分ばかりではない
だれにもどこにも属さない猫が
寒さのすみで丸くなっている
植込みの下でじっとして

何かをやり過ごしている
過ギテユクノハモチジカン
かたくなに動かないけれど
目はまんまるに瞠って
からだはかたくなっている
手足はもう石と化し
ふらふらすらできないようす
その分をヒトがふらふらしてやらねば
猫坂犬坂女坂男坂そのうちの
どこかから四六時中水が滲み出ている
石段の隙間から垂れはじめ
湿った地帯の地図を描き
ふらふらビトはそこで足を滑らせる

犬猫はそんな罠ではしくじらない
鳩や鴉は目を瞑り蝙蝠もしらんぷり
ウランデハイケナイヨ
ずいぶん歩いた
足も挫いた
子どもの頃暮らした家までは
とうてい戻れそうにないもはや
時は戻らず迷い込んだ薄暗い路地うらでは
死んだヒトたちの寝息がきこえる

脱水

ほら
跨線橋のたかみから
植物の義眼がひとつぶこちらを
見つめている
涙のないすり傷を負った浮遊眼で
目撃した仕打ちを伝えようとしている
晩秋の澄んだ空気の中では
無念を展げて

白い影がはためいていて
零された樹液の染みも埃にまみれて匂わない
ここ
広大な壁の上は人喰列車の獣道
　おらおらっ、
まっぱだかのまま、
壁に両手をついて後ろ向きで立て、
水なしで雨なしで立ちつづけろ、
瘦せ枯れた腕をもっと上にあげてのばせ。
折れるまでのばせっ。
壁の上を空腹の列車がガウガウと走り
その下で干からびていった体幹
慈雨一滴もなく

下半身下部は熱砂の鉢に埋められていた
ただ
壁には鯨の絵が叙情的にあり
黄色い鯨の巨大な尾鰭は汚れていて
水を夢想したものの
海水で渇きは止まらない
どうあがいても
（実際には足に鉢を嵌められてあがけなかったし）
助かりはしない壁前のひでり
影をおとし葉をおとし
ついでにいのちをおとし
ついに鉢が脱げればかるがると
根こそぎ全身は突風に転がされ

町の吹き溜まりへ運ばれた
そこに義眼も捨てられていて

口と巾（くちとはば）

（青の自分）
吊るしている
吊るされている
（赤の他人）
死ぬまで吊るされている
死んでしまったから吊るされている
（黒の愛人）
死ぬように吊るしている
ぶらぶらしていて

それ自体は動かなくなってしまった
(白の両親)
ながあい綱にひとひとりくらいのもの
がくくられてふりこのように大きくゆれる
素敵すぎる香りが満ちてきて（あはあはあ）
「まっかにあかるい窓」が開かれる
吊るしたことも吊るされたことも忘れてしまい
赤い光が窓から瀧状に降ってくる
これで顔を洗っていいですか。
かまいませんが顔はなくなります。
ラジオは奇天烈な打楽器のリズムを流していて
つくづく踊るのがイヤになった。
うたうのはいかが。

それそれそれもイヤになった。
ゆきつもどりつするふりこのおもり
さっきまで生きていたってね。
それはあくまでうわさ。
祭だと知らされて来たけれど
ひとが集まっていない
増えるのは黒い影ばかり
（愛人？・）（どうだか）
黒い影はもはやずいぶん
（ぬいぐるみ？・）（どうだか）
吊るされている
漢字をよくよく見てごらん。
ほれ。

「吊」

つらいか。

黒札

街を歩いていると
ときどき見かける
うしろすがたがある

肩から踵にむかって
表裏ともにまっ黒けの小札をばらばらと
なんまいもなんまいも
落としているひと

それは移動する小さな不穏の瀧
のようでもある
「くろったき」っていうのかな

しかし踵で黒札は消え
路面に散らかることはない
黒い小瀧を背に負いながら
去ってゆくものの性別は
おとこのこともおんなのことも
その中間のこともあり
直後に惨事が起こるわけでもない

他者のうしろすがたを

やいのやいの言うほど下品なことはないので
気づいたひとも指摘はしない
これがこわかろう。

ただばらばらばらばらを見ながら
いつかは自分の背にも順番が来るのだと
思わざるを得ない
これはしかたなかろう。

その時は気づきもせずに
循環器の運動を皮や肉を剝いて
街頭でさらすような恥ずかしさを
血はしたたらせないにしても

気づきもせずに
うしろすがたで見せびらかしている

気づきもせずに
自慢にならぬものを
見せびらかしているのである
どうだ。
ばらばらばらばらと札を肩から零し
それも黒い小さい瀧の動きに似せ
思わせぶりで
自分では気づいていない

だあれも指摘はしない

あなた、内臓が見えてますよ。
なんて誰も口が裂けても言わない
ましてそれが黒い札で出来ていて
瀧のようだなどとは
誰も言わない
ばらばらばらばら
肩口から落ちて
踵で消えるだけ

自然光

青いラジオから異国の鼻唄が流れてくる
さぁ
また背骨をググとのばして
次の生きる準備をしなくてはいけない
午前中のきぼうは両手のひらの上で
光のマリになっている
むぎゅっとむすんでつよく輝くタマにすることも
ひきのばしてまばゆいイタにすることもできる
その日その日の占いがちがうように

きぼうの形も毎日かわる
窓から向かいの学校の赤レンガ塀がみえる
近くに行けば地域のみのむしたちが
陽にあたろうと塀に垂れ下がっている姿を
見ることができる
が、けっして竹ぼうきで掃き落としてはいけない
縁側で日向ぼっこしているばあちゃんを
いきなり庭に突き落としてはいけない
のと同じ
陽の射しこむ机上に置かれた
老婆が枯草の上に立つ白黒写真
あしもとにふせる白い犬
そのわきにふせられた洗面器

やがて旧式な自家用車が迎えに来て
老婆と犬を乗せて往ってしまった
青いラジオを消し
机上も部屋も淋しくなって
陽のぬくもりも除々にあわく
竹ぼうきを携えて
みのむしを見に行くつもり

ツチノホシウタ

気づいているものも
いないものも
（いないものの方が多いか）
それぞれみななにかのホシと
つながりをもっていきていて
しんでゆく
ヒトばかりでなくたとえば
わが家のイヌとしてのシロも
白色矮星の透ける糸に引かれて

天に昇った
かえっていったのか
あたらしい場所をもとめた旅だったのか
わからない
ちかごろ感じること――
顔の周りに輪っかをもった
（鏡で見たことのある自分似の）
面立ちのヒトにつけられている
愛されていると言ってはうぬぼれすぎか
路地の塀に所在なく背を凭せかけ
煙草を燻らす輪っかのヒトの愁い
〈誘い〉に来るかもしれない
自分が自分であるように

そして〈話し〉かけられるかもしれない
わたしがあなたであるように
あなたが土の姓のヒトであるならば、と
答えにくい問いに

胸中で天体がなつかしく築かれ
あかくあかるくなるホシの名は
湿った静かな朝窓を開けると
光の輪っかが
逞しい庭木の下に立てかけられていて
鏡の中の顔はすでに土の中という
ふうな顚末
さらに忘却

夜の絵

影絵の狐は考えこんでいる
ひとさし指と小指の耳は
夜をはかるアンテナ

西洋のちょっと昔の人の絵画には
時計がくたくたにやわらかい状態で描かれる
こともあってそれはそれで
感覚としてわかるのだけれど
ほんとうにやわらかいのは時計ではなく

ときである
ともいえる

今晩の月の光をもらって
狐は影絵になって
ときについて
考える
思わせぶりに耳を動かして
思考力は濃くなったり淡くなったり
つかれたようなら
掌をひらいて
狐をときはなってやろう
ときがやわらかく過ぎている

と感じることはくすり指のせいかもしれない

狐を呼ぼう
親指と中指とくすり指の先をつけて
月の光を呼ぼう
ふけゆくふけゆく
ときの夜
支えなくてはならないまぶた
眠気を支えきれなくなったら
夢の中で支えなくてはならない
眠気や五感

虫の羽音

聞こえますか。
狐をつくって耳を動かし
きこえまする。
きこえまする。
と呟いてみる
ほうら
影絵があればさみしくない

うおっ、虫が壁に。
エイッ。
蛾、平手打ちで
汁が出る
死

今まで狐だった手が
殺戮を
コンコンコンコン
そうまでしなくても
体内ではこのごろ
画数の多い漢字が増え続けている
と感じることはくすり指のせいかもしれない

シロ

ある夜中
枕もとで凝縮する気配
（ぷうんとにおうけものの体臭）
おいで。

巨きな白い犬の背に乗って
窓からおもいきり飛び出せ
オレンヂの香のする首輪を握りしめて
白色犬に跨り出でるスリリング

（本当はもう寝床から一歩も動けない
状態だったことを）思い出さない

青春って言葉あったでしょう。
あったね、二度とこない、か、一度もこない。
愛情って言葉あったでしょう。
あったっけ、祈りの一種だった、か、まぼろし。
もうなにもかも思わず

白色犬と無人の街をとびまわって
いいでしょう
青い公園はうすぐらくぽっぽー
赤壁の店もうすぐらくぷっぷー

野良猫たちが最敬礼するのも無視して
夜明けまでどんどんいこうね
いいでしょう
〈この白い犬の名は「シロ」でいいのかな〉
いいでしょう
〈彼・まっくろい鼻は濡れて健康なしるし〉

鼓動と鼻息が伝わってくる背の上で
全力疾走に入ったシロを信じてしがみつき
どこまで連れていってもらおうか
およそ終着地はわかっているのだけれど
あえて考えない
(なりゆけ、なりゆき)

着けば静寂の丘のてっぺんで
明け方の星からおりてくる一すじの糸を
しっかり握ってからシロを帰せばいい
いよいよ

ほっとする夜明け
遠くなる後ろ姿のシロ
では。
わたし
どろん、ぱッ

箱

Take 1. 消滅

老いの杜の奥にも陽のあたる
高台があって遠くには記憶をたよりに
想い描ける一番素晴らしい風景が
展がっている（気持ちいいですよ）
こころもからだも穏やかに耀いている
おとうさんを箱に入れた
おかあさんを箱に入れた

自分も箱に入る
と、箱はみるみる小さくなってついに（ふっ）
高台の地面には土と石とよみがえる草だけ

Take 2.　残り時間

老いの杜の奥にも陽のあたる
高台があって遠くには記憶をたよりに
想い描ける一番素晴らしい眺めが
展がっている（キモチイイデスヨ）
こころもからだも穏やかにあたたかい
父を箱に入れて母を箱に入れて

やがて自分も箱に入るけれど
しばらくは懐かしい面影を求めたり
この世のせつない情景と交感すべきだろう
季節は優しく「緩やかに流れる」と約束してくれた

初出一覧

食パン　「ココア共和国」一六号　二〇一四年一一月
コロネ　「現代詩手帖」二〇一四年一月号
甘食　「詩と思想・詩人集二〇一四」二〇一四年八月
Mパン　「交野が原」七七号　二〇一四年九月
Aパン　「歴程」五九〇号　二〇一四年八月
Cパン　「生き事」九号　二〇一四年一〇月
カンパン　「孔雀船」八五号　二〇一五年一月
クリームパン　「交野が原」七八号　二〇一五年四月
ざんぱん　「モーアシビ」三〇号　二〇一五年二月

＊

指ざわり　「生き事」八号　二〇一四年三月
ひかり　「交野が原」七六号　二〇一四年四月
マッチ箱　「資料・現代の詩二〇一〇」二〇一〇年四月
おもいで　「抒情文芸」一五一号　二〇一四年七月

日記絵日記　「孔雀船」八四号　二〇一四年七月
きげん　「孔雀船」八三号　二〇一四年一月
門　「交野が原」七五号　二〇一三年九月
まわる　「歴程」五八五号　二〇一三年七月
ひるね　「交野が原」七四号　二〇一三年四月
帰路　「歴程」五八三号　二〇一三年三月
脱水　「孔雀船」八一号　二〇一三年一月
口と巾（くちとはば）　「交野が原」六五号　二〇〇八年一〇月
黒札　「交野が原」六九号　二〇一〇年九月
自然光　「交野が原」六四号　二〇〇八年五月
ツチノホシウタ　「天体の詩歌」現代詩歌文学館常設展　二〇〇八年四月
夜の絵　「孔雀船」七二号　二〇〇八年七月
シロ　「カンブリア紀」三〇号　二〇一三年二月
箱　Take 1.　消滅　未発表
　Take 2.　残り時間　「文藝春秋」二〇一五年四月号

パンと、

著者
岩佐《いわさ》なを
発行者
小田久郎
発行所
株式会社思潮社
〒一六二―〇八四二　東京都新宿区市谷砂土原町三―十五
電話〇三（三二六七）八一五三（営業）・八一四一（編集）
ＦＡＸ〇三（三二六七）八一四二
印刷所
三報社印刷株式会社
製本所
誠製本株式会社
発行日
二〇一五年十月三十一日